Bécassine
et sa cousine

Caumery / Pinchon

GAUTIER-LANGUEREAU

Directeur d'ouvrage : Viviane Cohen
Collaboration graphique : Laure Moulin-Roussel

Nous remercions pour leur collaboration :
l'Atelier Philippe Harchy pour la mise en images,
Colette David pour la maquette,
Jean-Pierre Bernier pour les textes,
Isabelle Bochot pour la calligraphie.

Bécassine et sa cousine
jouent à la marchande :
« Bonjour », dit Marie.

"Je voudrais la serviette
qui est là-haut,
tout en haut !"

Bécassine grimpe sur
l'armoire. Et... tombe
avec toutes les serviettes !

Maintenant, elle doit
les ramasser et les ranger.
Marie trouve ça très drôle !

Maman embrasse Bécassine et dit : « Allez jouer dehors, ça fera moins de désordre ! »

« Viens, Bécassine,
je vais t'apprendre à jouer
au tennis », dit Marie.

Et pan! Bécassine
reçoit la balle
en plein dans l'œil !

« Allez, Bécassine, montre-nous ce que tu sais faire sur un âne ! »

Et Marie tape
sur le derrière de Cadichon
qui part au triple galop !

Evidemment, ça finit mal.
Marie s'amuse de plus
en plus, Bécassine de moins
en moins !

Ensuite, Marie veut jouer à saute-mouton. C'est bien sûr Bécassine qui fait le mouton !

«Si on jouait à cache-cache?
propose Bécassine.
— D'accord, va te cacher.»

Soudain, Marie s'enfuit en criant : "Au secours, un fantôme !"

"Ouf, enfin tranquille !
se dit Bécassine. Elle ne
reviendra pas de sitôt !"